U0939485

—— **诺奖**童书 ——

应有尽有先生

〔危地马拉〕米格尔·安赫尔·阿斯图里亚斯 著
〔西班牙〕拉法·比瓦斯 绘
博尼 译

人民文学出版社
PEOPLE'S LITERATURE PUBLISHING HOUSE

著作权合同登记号 图字 01-2021-4311

图书在版编目（CIP）数据

应有尽有先生 / (危) 米格尔·安赫尔·阿斯图里亚斯著 ; (西) 拉法·比瓦斯绘 ; 博尼译 . -- 北京 : 人民文学出版社 , 2022
(诺奖童书)
ISBN 978-7-02-015746-4

Ⅰ . ①应… Ⅱ . ①米… ②拉… ③博… Ⅲ . ①童话－危地马拉－现代 Ⅳ . ① I741.88

中国版本图书馆 CIP 数据核字 (2022) 第 021199 号

责任编辑　卜艳冰　王雪纯
装帧设计　李　佳

出版发行　人民文学出版社
社　　址　北京市朝内大街 166 号
邮政编码　100705

印　　制　上海盛通时代印刷有限公司
经　　销　全国新华书店等

字　　数　45 千字
开　　本　890 毫米 ×1240 毫米 1/32
印　　张　4.125
版　　次　2022 年 3 月北京第 1 版
印　　次　2022 年 3 月第 1 次印刷

书　　号　978-7-02-015746-4
定　　价　45.00 元

目录

第一章 睁开眼就应有尽有

应有尽有先生惊恐地张开了双眼。睡觉时，他一无所有。他在闹钟的铃声雨中醒来。睡觉时，他一无所有。一百只闹钟，一百多只闹铃。一千只闹钟，一千多只闹铃。它们同时铃声大作。

台球钟躲在斜切玻璃后面，紧紧盯着自己身上用罗马数字标记钟点的刻度盘，三个镀金小球刚刚完成了一次准点“击时”，而闹铃拉长了声调喊着：“我叫你起床！叫你起床！叫你起床！”

假装成地球仪的钟上面站着一个天使，还有一具骷髅，正用枯瘦的手指头指着镀金表盘上的时刻，非常努力地让自己被别人听见、听见、听见：“你叫我起床！叫我起床！叫我起床！”

表盘刻度镀银的凄惨幽灵钟脸色发黑，号哭起来：

“他起床啦！他起床啦！他起床啦！”

青铜钟声音沙哑，自己躲在角落里嘟囔着：“我们起床啦！我们起床啦！”

路灯钟与其说是一只钟，倒不如说更像是一盏灯，它一边不停地敲打自己一边报时：“他们起——床啦！他们起——床啦！起——床——嘟昂——当——当——当——”

咕咕钟上有一座蒂罗尔式小屋子，一只机械小鸟从小门中弹出，不由分说地重复起来：“你们起床……咕咕！你们起床……咕咕！”

应有尽有先生把胳膊探进床底，掏出了家用物品中最不受待见的那一个：一把雨伞，或者像应有尽有先生自己说的那样，一把“有什么用的伞”。

他立刻打开了这把伞。在房间里打开一把雨伞可不算个好兆头，不过应有尽有先生现在急需把自己和

CERRAR LOS OJOS ES NO TENER NADA ~ ABRIR
LOS OJOS ES TENERLO TODO ~ CERRAR LOS OJOS ES NO TENER
NADA ~ ABRIR LOS OJOS ES TENERLO
TODO ~ CERRAR LOS OJOS ES NO TENER NADA ~ ABRIR ... ~

那些钟的闹铃声隔开。

它们已经响成了一片。应有尽有先生举着打开的伞，听见闹铃声如同雨点一般落在小伞上。

这样一来，那些声音就更加此起彼伏起来："我叫你起床……""你叫我起床……""他起床啦……""我们起床啦……""他们起床啦……""你们起床……"

闭上眼就一无所有。睁开眼就应有尽有。

闹铃的倾盆大雨终于过去了。

应有尽有先生一次一次又一次地伸懒腰，好像要伸长自己、让自己看起来更魁梧似的。他一边打着哈欠，一边在床上摸索着。他睡在一片盐粒上，准确来说，是粗盐颗粒。没错，应有尽有先生就睡在一张粗盐制成的床垫上。

在夜间，只要睡在颗粒粗大的海盐上，他温热的鱼皮肤就能脱下那些只属于现实世界与真实生活的脂肪——那些不能被归入梦境的肥油。

这是一种脱去存在之物与油腻现实生活中依附着的油垢的秘技，这个偏方应有尽有先生是从父母与祖父母那里继承到的。他们和应有尽有先生一样，也是睡觉时呼吸拥有磁力的人。

而这是应有尽有先生身上的另一处秘密：他拥有磁铁般的呼吸。和凡人不同，夜间的应有尽有先生不是用两片肺叶呼吸的，而是用藏在后背的两块大磁铁。因此他自认为是一个“磁肩胛骨人”。睡在粗盐床上，一方面是为了在梦境中擦去日常生活的油垢，另一方面也是为了避免在磁化的呼吸间吸起附近的金属制品。

是的，如果没有那张盐巴床垫，在睡觉时的一呼一吸之间，应有尽有先生就会一下子吸起所有金属品。

这也解释了为什么应有尽有先生必须要用大颗粒

的海盐来制作床垫：避免自己被周围百米之内所有可能吸来的金属物件活埋。当然，那些金属里没多少银子，也没几两金子，不过铁屑倒是很多，相当多，可以说几乎全是些铁屑。

有时仆人们一个疏忽大意，忘记给应有尽有先生的那张粗白盐床换盐，天亮时，他的鼻子就成了螺母，吸来了许多巨大的旧螺钉。而火车头的残骸吸在他胳膊上，锈轮盘割伤了他的耳郭，锁链吸在嘴巴上，旧厨具吸在眼睛上，脱了把手的锤子吸在胸口，还有钳子、滑轮残片、自行车脚踏板……一醒来，应有尽有先生就要面对一场大战，他必须从这一切中脱身而出，从这身由铁块、金属碎片与金属制品打造的盔甲中挣脱出来。可应有尽有先生的呼喊声也被埋在了这一身甲壳下面，仅仅是在睡觉时一呼一吸，他就这样整个磁化了：成堆的硝石螺母、锁头、管子、三条腿的炉火架子、钥匙、活塞、笼子、水龙头、镫子、刹车闸、图钉，所有这一切都吸到了他身上。应有尽有先生甚至都没办法找个小洞把脑袋探出来呼救。

这时仆人们赶来了。磁力大战一触即发。加长加农炮大小的磁铁吸气似的，一下吸起了最粗最厚重的钢板。磁铁的吸力可比应有尽有先生的磁呼吸强了成千上万倍，你能想象的所有尺寸的钉子都被磁铁吸了起来，从最简单的大头钉到錾刀尖钉，连半球形钉帽钉到试图在磁铁上寻找马蹄铁孔洞的掌钉都一并被吸走了。

要卸下这样一位武装骑士身上的装备可不容易。盔甲一层一层地叠着，剥到最里面，我们的应有尽有先生才露脸。他现在终于能无拘无束地躺倒在床边的那张波斯地毯上了，应有尽有先生已经筋疲力尽，无力追究仆人们粗心大意忘记换床盐的事情。一段时间以后，盐就会失去效力，这就需要不断地去更换盐粒。

否则，应有尽有先生可就陷入危险之中了。到处都会被弄得一团乱，家具会毁坏，镜子会粉碎，玻璃和瓷器都会裂成碎片。何况那些被他的磁性呼吸吸来的金属制品穿刺力还很强，竟然还能从铰链脱落的门窗之中飞射过来。

仆人们服侍完应有尽有先生从毯子上起身后都退下了。他仔细考虑了起来。那么，现在该穿哪双拖鞋呢？

床周围散落着成千上万双鞋。拖鞋，更多的拖鞋，在这片鞋海之中，已不必区分棉拖、凉拖与便鞋，各式各样五颜六色的鞋子一应俱全。有的做成了天鹅的样子，还有兔子形的，星形的，意大利贡多拉小船形的，花冠形的；有丝绸鞋，有中国式草鞋，有嵌满宝石的，还有天堂鸟羽毛与孔雀尾羽编织而成的。真是教人眼花缭乱。东方式的鞋上布满亮片，鞋头处微微翘起约一拇指高，翘起处还挂着一枚小铃，好像雪橇上的小

铃铛那样叮当作响。意大利式的，教皇式的，白底黑花粼粼闪光的。木屐，雨靴，套鞋，只剩一只的，遵守军纪般排列整齐的。参加仪式的礼鞋。用未鞣制的皮革裁成的鞋。自带乐声的拖鞋。还有一种会跳会飞的拖鞋，成千上万的跳蚤密密麻麻地板结在鞋底。还有谁不知道跳蚤可以分泌一种化学物质，让它们不用调动哪怕一块肌肉，就能够跳过高于自身两百倍的高度，甚至可以将自己压小到原来的四百分之一以下，就为了一跃而起？仅仅靠分泌一种物质，它们就能这样跳起来。

应有尽有先生选择穿上跳跳拖鞋。早晨的时候，他喜欢让自己像个蚱蜢或者杂耍艺人似的，这会让他觉得浑身都充满了活力。他够着了一支长长的钓竿，挂上了一块饵块，一块巨大的饵块，开始在拖鞋大海上转悠准备垂钓。应有尽有先生带着一种神秘又快活的神情钓起了一只拖鞋，不一会儿又钓起来一只。这些拖鞋蹦蹦跳跳地领着他往丰盛的早餐桌走去。

他的仆人里可没人知道这些拖鞋跳跃的秘密，这是个粘在鞋底的秘密：鞋底板结着无数的跳蚤，它们分泌出一种物质，然后跳呀，跳呀，跳呀，跳呀，就和应有尽有先生突然跳起来一样。这为他带来了持续不断的惊喜，让生活变得可以忍受起来。

在鳄鱼公园里，应有尽有先生的早餐已经备好。那些因为梦见了一条河流上的鲜花而长了霉斑的绿鳄鱼就藏在一片植物和水生花卉之中。

这群可怕的野兽就这样出现在一片虫云之中。只见它们长着斜眼睛，有着一口能嚼碎一切的大白牙和一条能摆动的长尾巴。它们正在寻找太阳光，张大了嘴巴，要把阳光都给吞下去。

鞋底的跳蚤奋力一跃，应有尽有先生靠近了这

群鳄鱼，降落下来，差一点儿就要碰到水面了。他倒要问问这群可怕的大蜥蜴太阳究竟是什么滋味……瞧它们又是吃呀……又是喝呀……又是吮吸呀……又是舔呀……太阳究竟是什么滋味……那些光……那些热……

不过他又一次跳了起来。这就是跳蚤动力拖鞋的不便之处了。你永远也不知道什么时候就跳了起来。这些跳蚤会突然把你抬到半空，再把你带到很远的地方。因此，应有尽有先生没有听见一条留下了一串儿泡泡的鳄鱼在绿水中给出的回答。

除了那些像白睡莲耳朵般的绿叶外，没有人听见鳄鱼是怎么形容太阳的滋味的。这些长达数米的爬行动物是同类中最能流口水的，因此，应有尽有先生猜测起了他们的回答：

“太阳尝起来是一股口水味……就是我们流口水

时候的那个味道……”

可不止一条——可以说所有的鳄鱼就连看见一只发情的飞鹿跃起、一双由跳蚤驱动的跳跳鞋都是这样垂涎三尺。

他在光亮处行走，又在暗影中迂回。那些小树丛、弹性十足的树干、尤加利树；胡椒树高高的，高高的，高过了云朵。应有尽有先生就这样穿着跳跳鞋在老树如同蛇一般蜿蜒的枝干藤蔓上起起落落，一会儿从树叶中跳下，一会儿从蓝鸟中飞起，一会儿又在小蜥蜴、小松鼠、小猴子和小浣熊里穿来穿去。

而管家和仆人正等着应有尽有先生享用早餐呢。

跳呀，跳呀！小虱子先生，大跳蚤先生。应有尽有先生终于来到了饭桌边，他刚刚落座，刚刚把屁股放上那把有一千条蓝色椅腿一千条黄色椅腿一千条黑色椅腿、座椅包着软垫、靠背涂着热油漆的椅子，他脚上的拖鞋就蹦蹦跳跳地溜了出来，开始排练舞步。

管家一声令下，仆人们端上来已经削了皮、撒上了肉桂粉的水果，金灿灿的橘子、一片片菠萝，而后又上了脱脂牛奶和黑咖啡，与此同时，管家开始给这位小领主的脚穿上新拖鞋。

他在光亮处行走，又在暗影中迂回。一颗圆圆的、灿烂的太阳就挂在前面，而小树们被甩在了他身后。

到处是雪松树，桃心木，比陆生椰子树还多的气生椰子树，比气生可可树更多的陆生可可树。棕榈树张开绿色的手掌。潮气。蚁穴。携着微酸蜂浆气味的黑马蜂。背阴处的昏黑，鳄鱼公园小树丛里的影中之影，被闪电般长着火焰羽毛的鸟群撕裂的昏黑。

这是一片太阳水域。它不仅仅是光，也不仅仅是水，而是在常常被淹没的梦境中水与阳光的混合物，是蜻蜓翅膀与豆娘身上水与阳光的混合物，而豆娘总在神秘的光线中漫步，穿越萤火虫粼粼的星星点点与动物尸骨的小鬼火——这就是那堆尸骨不理智的地方，应有尽有先生一边自言自语，一边在嫩玉米叶与麦色蔗糖的蒸汽中洗着脸——真是一些不理智的骨头，一些化为灰烬的不理智的火星。

应有尽有先生的狗叫特朗波林平，这是一条和其他小狗一样一无所有的狗。这会儿它刚从狗窝中逃出来，正和自己的脑袋、身体、尾巴亲热地聚会并亲吻主人的双脚呢。一只壁虎忽然蹿了出来，特朗波林平大叫了起来，转着圈追赶起这只小壁虎。不过壁虎浑身滑溜溜的，比别的小动物都更胆小，一下就消失在覆满藤蔓的墙洞之中。特朗波林平意兴阑珊地一步步转回了主人身边。应有尽有先生放下了烟斗，他正在一百万根像雨丝般掉在桌子上的小牙签中挑一根——只要一根——来剔他的一口牙齿。

早餐后去哪儿好呢？

应有尽有先生差点儿就要向转成了旋涡状的特朗波林平发问。跳蚤咬得这条小狗浑身发痒，小狗用鼻尖追赶着自己的尾巴，绕着自己不停地打转，好像一朵小旋涡。从主人拖鞋上掉下来的跳蚤快把它给生吞活剥了。

特朗波林平停了下来，双眼湿漉漉的，浑身颤抖个不停。它知道主人想问它点儿什么，可是身上的跳蚤可不放过它。

早餐后究竟去哪儿好呢？应有尽有先生一边熄灭烟斗一边问自己。

特朗波林平的目光也紧盯着他，狗的眼睛里头总是充斥着距离。

或者说，世上所有遥远的距离都在通过特朗波林平的眼睛在凝视应有尽有先生。

现在，应有尽有先生就差做出选择了，或者让特朗波林平为他做出选择。这条小狗察觉到主人已经享用完早餐并准备站起来了，它把脑袋昂得高高的，耳朵也竖了起来，冲在应有尽有先生的前头告诉他应该选择哪条路。

不过这回这位主人可没有遵从可怜的特朗波林平给出的选择。他穿过鳄鱼花园，径直向火焰鸟的笼子走去。它们的喙如同钩子一般，眼睛是两扇小小的圆镜，鸟爪上还长着马刺。

远处的狗群狂吠个不停，它们很感谢特朗波林平，因为它总是把应有尽有先生给带到那边去的。每每应有尽有先生无事可做时，就到那儿取一些火器，几把霰弹枪，然后带上这几条老练的猎犬和几位驯鹰人陪着他前去打猎，那些家伙又死板又爱说大话，身上佩戴着钱币一般的勋章。

可是现在这群狗只能狂吠呀，打滚呀，跳呀，它们不停地咒骂着特朗波林平，因为这回应有尽有先生没再听它的话。

一路上小溪弯弯流向深处，遍地是白色的树木，白桦树如颤抖的银子。

那些火焰鸟转过身来，又转了一圈，然后又转了半圈，脚爪的指头轻轻内旋，爪上的刺就高高地露在了外头。它们一会儿弯下身子，一会儿又抬起脑袋，好像在进行什么奇怪的仪式。

“自疯自癫，自疯……自癫，独自一个，就疯了……”火焰鸟一开始并不知道应有尽有先生为何而来，它们为了强调什么，让声音在钩状鸟喙上来回反弹。

“从特朗波林平的眼睛里，”应有尽有先生自语道，“距离，无尽的距离向我走来……”

“所谓距离，就是天空……”火焰鸟扑棱起翅膀。

“我明白，我明白，”应有尽有先生摩挲着自己的双手，“天空也能看见我……从特朗波林平的眼睛里，天空也能看见我……”

“所谓距离，就是大海……”火焰鸟继续说道。

“我明白，我明白……从特朗波林平的眼睛里，大海也能看见我……”

“沙漠，高山，草原，森林……河流与湖泊，岛屿与大陆……通通是距离，而您拥有这一切，先生，在您的小衣兜里，装了这一切……”

的确，他的确是拥有这一切，不过他从未想过那遥远的距离也属于他，那些宏伟的、遥远的距离……

他又怎么能想象所有的天空、大海、沙漠、高山、岛屿、湖泊、河流和世上的遥远距离都能装进他小小的口袋中？

“你可以看一下口袋，你可以看一下……”火焰

¿CÓMO IMAGINAR QUE PODÍAN CABER EN
SUS BOLSILLOS EL CIELO, EL MAR, EL DESIERTO, LAS
MONTAÑAS, LAS ISLAS, LOS LAGOS,
LOS RÍOS, LAS DISTANCIAS TERRESTRES?

鸟镜子般的小圆眼睛闪动着，“还有谁像你呢，你是好中之中，善中之善……”

应有尽有先生不想让这些身上的火焰比羽毛还多的烧红鸟儿难堪，他把手伸进了衣袋中，开始寻找起了那些遥远的距离。

他检查过的口袋越是多，就有越多口袋出现在他身上。

不一会儿他就是个浑身长满口袋的人了。从头到脚都是口袋，越来越多的口袋。

不过……应有尽有先生都找到了些什么东西呢？

彩色纸片……小纸盒子，小纸盒子……火车票，轮船票，飞机票……还有这些乘票上印着的距离……所有遥远的距离……

真是魔法中的魔法。用这些纸片与小盒子，就能换来距离……

第二章 万花筒房间奇遇

这是一间万花筒房间，如管道一样狭长，墙壁就是隧道，屋顶与地板千变万化。星星点点的七彩颜色或凝聚或四散在玻璃上，呈现出异想天开的几何形。当特朗波林平跟着主人走进这间被发光的碎玻璃装点起来的房间时，它的双眼里闪烁着反光，它感到相当没有安全感，甚至有些恐惧。

镜子，火星，角与反角，万花筒隧道，地穴小前厅……在岩石底下，在砖石小矮桌上，神秘汁液与油燃烧时的小火苗正跃动着，酒桶上也闪烁着飞逝的蓝色火焰。

一走进这间房里，特朗波林平眼里的应有尽有先生就变成了一个透明人。穿过他的身体，这条狗可以看见应有尽有先生身后的事物，甚至还能看清他所有的血液循环、心跳和内脏活动。穿过他的身体，特朗波林平还清晰地看到了应有尽有先生背后有一把火蝾螈形状的钥匙，还有一个女人手里捧着小酒瓮，里头燃着一朵小小的云。

这把特朗波林平吓了一跳，它赶紧转身跑回了隧道中，从一头跑到另一头等着它的主人。应有尽有先生也变成了七彩颜色，不同的色泽在他身上流转、映射，就和那条冲进火蝾螈幽暗地穴、一路滴滴答答流了一地色彩的小狗一模一样。

不是几年过去了，而是几个世纪就这样过去了。一代又一代万花筒般的火花，一代又一代火花般的男人，火花般的女人，就这样燃烧，熄灭，燃烧，熄灭。这就是生命的真谛。而应有尽有先生置身其中，永不变老，他永远是进入那个地穴时的年纪——三十三岁——他等待着那位炽海女神交付与他那把火蝾螈形状的钥匙。

特朗波林平碎成了无数玻璃片，玻璃片，玻璃片，小小的彩色玻璃片……它碎成了镜子的骨骼就这样融入进了万花筒隧道。

这是风暴般的烈火，是钻石之火中分解的黄金。

“哪位女王不是任性而反复无常？”应有尽有先生这样想道，除了那把火蝾螈形状的钥匙，“哪一种爱不是难以点燃也难以熄灭的火焰？”

“尊贵的炽海女神啊，请你不要再使我怀有这热望，若我不该从你手中接过那足以打开环绕我们的诸多神秘中最重要的大门的钥匙：火焰！”

“哦，爱，不朽的爱！火焰永不腐烂，它煅烧着矿渣，将废料都烧成灰烬，如果不喂饱火焰，它就会自行去寻找食物，这种饥饿能让全世界都陷入大火！”

“天光，燃烧的星辰，我向你们祈求，我召唤你们的援助！如果必要，我愿成为燃料，以我的肉体喂养那永远沉静的女神的炽热之爱。最终，她将赐予我火蝾螈的钥匙，火的钥匙！”

地穴就这样抬起了眼皮。一块岩石活动起来，一块巨大的石头围绕着铰链转动起来，就在这一瞬间，应有尽有先生面前出现了一片波浪般起伏的田野，那儿满是芬芳的树木，阳光也是如此充足，小溪欢快地流淌着，遍地是羊群与良田。

再没有那样一个奇妙的瞬间了。他听见了声音，是说话的声音，不过这回已是熟悉的、人类的交谈，是由语言、生存与地上的劳动编织起来的不同人们之间有效的交谈。

风在树林中来回游荡，这是一股轻柔而富有节奏的风。

一阵花粉的气味袭来。

“你毁坏一切，你也照亮一切……你如同火焰……”应有尽有先生试着结交一位穿戴古怪的农民时这样喃喃着。

羊抬起了脑袋，嗅着周围非比寻常的事物。

那个农民长着一张疙疙瘩瘩的脸，一个结实笔挺的鼻子，一双扁平的小眼睛，浑身披满羊毛织物，打扮得像一位教皇。

那模样可相当古怪，简直教人无法理解。

他头戴冠冕，身着宽长袍，披着大披风，穿着凉拖鞋，手中还有一柄长手杖。

面前的景象变得更莫测起来了。一位教皇紧跟着另一位教皇出现了，另一位教皇紧跟着另另一位教皇出现了，另另一位紧跟着另另另一位，出现的教皇比土豆还多！不过那位农民教皇却远离了其他的教皇。他看着有些呆傻，和那个教皇队伍格格不入。他要逃

离，逃开那些也许和他一样、也许与他不同的、独属于教皇的白色影子。

应有尽有先生终于得以和农民教皇并行。他很想和这位教皇说说话，聊聊他与地火的合谋。不过那位神情愉快、丰润的嘴唇中吐出柔和声音的教皇却没有让他继续说下去。他向应有尽有先生发问：

“既然你拥有一切的一切的一切，那么你就可称富有，甚至比所有的百万富翁还富有吗？”

“那不是一种人们通常所能理解的对财富的占有……”应有尽有先生解释道。

农民教皇打断了他：

“我叫胡安。”

“我并不富有，或者说，我并不是通常意义上的‘富有’，我也不是一个占有者，或者说，我不是通过以米或者公顷来衡量财产、成为这些财产的主人的方式来占有财富的。我拥有的是另一种财富，我占有一切的方式也是另一种……”

“那是哪一种呢？”教皇的眉头皱了起来。

“教皇陛下，每个人都是这一切的一切的一切的事物的主人，不过他们往往都如此拘谨、克制，从不像这样提起。我的财富，我所谓的拥有一切的一切的一切也尽在于此。这种占有是在繁星点点的深夜，向天空抬起双眼，感受自己成为目光所及的一切的主人……”

“有如一种虚构……？”

“所有的财富都不过是一种虚构，一种杜撰……”

“真是一种有趣又睿智的思考方式……”教皇评价道。

“教皇陛下，我并不能成为任何人的老师。人就是包围着的他的那一切所见、所感、所听、所嗅、所

TODO HOMBRE, SANTIDAD, ES PROPIETARIO DE TODO, TODO,
TODO, TODO, PERO SE COHÍBE, SE CONTIENE Y NO LO DICE. MI RIQUEZA, MI POSEERLO TODO,
TODO, TODO, CONSISTE EN ESO, EN SALIR EN LAS NOCHES
ESTRELLADAS, ALZAR LOS OJOS AL CIELO, Y SENTIRME DUEÑO DE CUANTO MIS OJOS ABARCAAN...

触碰、所品尝的事物的主人……”

“也没人能过来和他说：‘你自认为属于你的东西其实是我的，因为我继承了它，买下了它，有人把它送给了我……’”

“是的，正是在那种情况下，所谓的‘有产者’出现了，可是无论他再如何占有那一切，都无法阻止我拥有他所谓属于他的东西，无法阻止我享有他的田野、宫殿、府邸的蜃景，更不能阻止我感受自己成为这一切的虚构的主人，他无法禁止这些事物从我的五感进入我，它们会与我整个人融到一起，成为我内在的一部分，成为我所处的宇宙的一部分……”

“这是一种关乎神圣财产的概念：去拥有整个世界，就像你本来就拥有这一切一样……”教皇胡安这样说道。

“正是如此，教皇陛下。能这样去拥有事物是多么美丽的一件事啊……我们所有人都能拥有一切，我们可以用所有的感觉去享受一切……还有谁能把那艘现在驶出港口、被风灌满了船帆的豪华船艇从我这儿夺走呢？它并不属于我，但是我宣布，那就是我的……”

“所以没有什么东西真属于别人，”教皇胡安微笑起来，“女人也是如此……”

“这就是另一种虚构。美丽女人属于所有望着她们、与她们交谈、向她们伸出双手的人。只有丑女人才不属于任何人。”

“这可太残酷了……”教皇拒绝了这个无论哪个凡夫俗子都能得出的荒诞错误的结论。

“应该废除那种所有制和私有财产，相信一切都属于我们，我们就是环绕着我们的这一切的主人……”

他们往罗马走去。一路尽是田野，清澈的天空下布满参差不齐的伞形松木，回声、喧闹声、小鸟与燕子的啼叫与钟声热闹地交织在一起。

应有尽有先生跪下亲吻了戴在教皇胡安手上的渔夫圣彼得指环（渔夫往往一无所有，所以他们总是应有尽有），满心的热情一下爆发出来，应有尽有先生在那位农民短粗的手上吻个不停，然后看他消失在了亚壁古道[1]的尘土之中。

他又孤身一人了，这时他才担忧起来，没有了盐巴床垫，没有了他夜夜赖以睡眠的海盐粗粒，他肩胛骨上的磁铁一定会吸引大量金属，而这是在罗马……

他用手指弹起了额头，一副忧心忡忡的样子。如果想避免夜间的磁化现象，他就得整夜都保持清醒。

究竟哪个旅馆，哪家客店能接受他在床上的麦秸或者羊毛床垫上再铺上一层粗盐？更糟糕的是，这层

1　亚壁古道，古罗马时期一条把罗马及意大利东南部阿普利亚的港口布林迪西连接起来的古道。

盐巴还会随着他的体温而慢慢溶化。

太疯狂了，简直是痴人说梦。

而且，一旦疲劳感战胜了他，一旦应有尽有先生闭上了双眼，危险的事情就会发生。他一旦撑不住，睡着了，这座罗马城中所有宫殿里的金餐具、杯子、盘子、碟子、小茶盅和水罐都会被他的肩胛骨和磁力呼吸所吸引，一下子飞出去。

它们会彻底淹没他，并且如果应有尽有先生没有被砸扁，他还会被指控为一个小偷，然后被丢进圣天使堡[1]里。

在鲜花广场上，应有尽有先生朝乔尔丹诺·布鲁诺[2]打了招呼。至少他们是把他烧死了。

1 圣天使堡，整个中世纪，这里都是教皇和一个个觊觎城市统治权的贵族家族展开争斗的地方。

2 乔尔丹诺·布鲁诺（1548—1600），文艺复兴时期意大利思想家、自然科学家、哲学家和文学家。作为思想自由的象征，他鼓舞了16世纪欧洲的自由运动，成为西方思想史上重要人物之一。他勇敢地捍卫和发展了哥白尼的太阳中心说，并把它传遍欧洲，被世人誉为是反教会、反经院哲学的无畏战士，是捍卫真理的殉葬者。由于批判经院哲学和神学，反对地心说，宣传日心说和宇宙观、宗教哲学，这些在他所处的时代中，都使其成了风口浪尖上的人物，1592年被捕入狱，最后被宗教裁判所判为“异端”。1600年2月17日，被烧死在罗马鲜花广场。

夜幕降临，应有尽有先生不得不离开罗马了，除非他能弄到粗盐，然后在大街或者哪个教堂的台阶上去休息，否则他还是得找个没有金属——尤其是那些神圣的金属制品——的地方去睡上一觉。

奇怪得很，这时却下起了雪。在应有尽有先生眼睛里，罗马变成了一张巨大的、洒满了“盐巴”的盐巴床，一张无垠的白色床铺。这场雪就是要欺骗他，要他放弃溜走的念头。可是只有盐巴才能中和他肺部的磁化作用，才能阻挡他的磁化呼吸将周围的所有金属都通过他的嘴巴、鼻子乃至整个人吸引过来。

应有尽有先生没这个好运气，没法避免这件事。天气是如此寒冷，他冻得颤个不停，放眼是几乎令人眼盲的皑皑白雪。白日的疲倦涌上来，应有尽有先生闭上了双眼睡着了，磁力开始发挥效力，是益是害的流体都没法阻止这一切。

EXCEPCIONALMENTE NEVABA Y ROMA CONV
ERTÍASE A SUS OJOS EN UNA INMENSA CAMA DE SAL QUE NO
ERA SAL, UN INMENSO LECHO BLANCO,
PROPIO PARA ENGAÑARLE, PARA QUE NO HUYERA...

雪停了，空气格外清新纯净。从罗马所有教堂与宫殿里，无数东西沿着道路朝他迎面飞来：最珍贵的杯子，不朽的金匠杰作，香炉，烛台等，而他后背则吸满了从灯火辉煌的宫殿里飞出的东西。

“怪事……！怪事……！真是怪事……！”这是应有尽有先生醒来时听到的第一句话，没过多久，他就被架起来抬走了——原来他是在掌声与欢呼声环绕的君士坦丁凯旋门附近睡着了。

这个应有尽有的人，就这样被丢进了圣天使堡。人们调查起了他，却一无所获。他们要应有尽有先生清点复述他利用磁力偷走的东西：餐盘（786 个），杯子（1455 个），大号匣子（190 个），小号匣子（644 个），冠冕（7890 个），珠宝（47 个），无数的碟子……就这样，应有尽有先生被逐出了罗马。

应有尽有先生就这样沿着一条铺满了石子的磨脚

小路离开了罗马。这和他设想的离开方式可不一样。他原以为自己会骑上女巫的扫把，像卡里奥斯特罗[1]一样离开。谁知道如今却像个可怜的马戏团魔术师，假扮成一个玩弄吞火把戏的家伙，夹在一堆油头粉面的小丑、江湖骗子、奸商、小号声、鼓声与钹片声中坐在一辆花车里出城去了。

1 卡里奥斯特罗（1743—1795），意大利预言家，医生，江湖骗子，后来被判处无期徒刑。当革命军于 1796 年开进罗马，人们打开土牢寻找他的下落时，他已经不在人世了。刽子手们在 1795 年 8 月 28 日将他活活绞死。死前，他已被关押 8 年之久。1786 年，卡里奥斯特罗在英国伦敦曾经预言人们会冲击法国巴士底监狱。

第三章 误入巴比伦马戏团

如果他们真把应有尽有先生关在圣天使堡里就好了，他会在历史与幽灵之中与台伯河[1]阴郁的淙淙流水为伴。在那儿，他也许还能弄到一张粗盐床垫来压制他的磁化本能。就和所有著名的囚犯一样，在那儿，他会越来越不像一个幽灵，而是渐渐化身为一段历史。

马戏团的老板是一个出生在鲜花丛中的爱尔兰人，无父无母，无亲无故。他顶着一顶鲜橙色假发，刺蓟菜绿的领子竖着，戴两片独目镜和一副聋子专用的助听器。不过他既不是聋子，也不是近视眼，更不是秃头。要是真有这些能教人取笑的缺陷，他倒是可以将他野心勃勃又专横霸道的本性隐藏在外表之下了。

马戏团老板知道了这位从圣天使堡出来的囚犯的

1 台伯河，位于意大利中部，全长406千米，是该国第三长的河流。

秘密，就把他所有的盐，无论粗细，一律夺走了。这样在应有尽有先生睡觉的时候，他那令人幸福的磁化能力（能吸引黄金的磁力永远是令人幸福的磁力！）就不会被任何事物干扰。

这位马戏团老板几乎是不费吹灰之力就遇上了应有尽有先生。和那些炼金术师寻求百年的点石成金的魔力不同，他碰上的这位拥有世上一切事物的家伙拥有着魔法一般的呼吸，能将他身边甚至十里格[1]之内的所有金子制成的器具——无论它们有没有被藏起来——都吸到自己身上来。

这座城市满是被迷雾环绕的摩天大楼，而这个举世闻名的巴比伦马戏团是第一次在这儿向大家介绍我们这位并不举世闻名的应有尽有先生。在他还没醒的时候，人们可以欣赏到他那令人啧啧称奇的梦游磁力。

1 里格，西班牙里程单位，合 5572.7 米。

“淋浴测试”表演时，底下掌声雷动，观众都快把手掌给拍碎了。应有尽有先生双眸紧闭，睡得昏昏沉沉，被人套上泳衣放到了淋浴的巨大水流之下。他那只有着神奇磁力的手稍稍一动，水就不再落下了，水流瞬间变成了破碎细小的水“线头”，这些水“线头”像笼子一般把应有尽有先生关在了里面。而在他另一只没有磁力的手边，水流则如常落下。

不过，那群给巴比伦马戏团当小仆人的孩子倒是给了由一群蜗牛出演的所谓月亮舞表演更多的掌声。

一排蜗牛缓缓地出现在了人们面前，以它们蜗牛的节奏，徐徐向前蠕动着。

不一会儿，这些住在螺旋小蜗壳里、长着小触角的“居民”停了下来，开始按照应有尽有先生的心意摆起了几何图形，一会儿像潮湿的星星和弯弯的新月，一会儿像海马、水母或是珊瑚。

观众回到了自己的家中。他们身上的手表、金链子和戒指已经不见了踪影，女士们纷纷失去了各自的珠宝。

这一切都像是一场噩梦。所有人都面面相觑，大家跑呀，跳呀，打开那些野兽的嘴巴检查它们的牙齿呀，搜查小丑那个无穷无尽的口袋呀，只要有可能留下那些不知怎么就不翼而飞的金子踪迹的地方，他们都不放过。

这位马戏团的老板把金子都藏进了保险柜。他在电光火石间就获得了这些财富，就自认是奇妙的应有尽有的主人了，自认是那位拥有着能把别人的金子都吸过来致富的神奇法力的魔法师的主人了。

保险柜的空间很快就不够藏了。马戏团主人又把金子堆进了金属衣箱、木头抽屉、大大小小的木桶里头，最后他竟然连硬纸板盒都拿出来装了金子。巴比

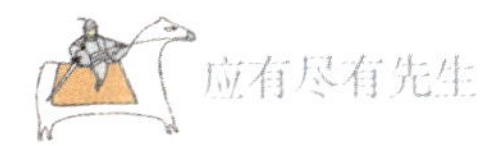

伦马戏团储藏了不计其数的财宝，神话般不可估量的宝藏，有金子，有银子，有各类闪闪发光的宝石。

而那些丢了财物的观众却很犹豫是否要去找官方人士讨个说法。如果这场骇人听闻的惊天抢劫最后只不过是一场超级大戏法，他们害怕从此就沦为笑柄。

不过，一位在马戏团负责维持秩序的警察开始察觉出了不对劲的地方。他倒吸一口冷气，试图从手指上取下婚戒，再把口袋里那块寒酸的镀银工作表藏好。

“戒指呀，手表呀，这些应该是最小最无关紧要的东西了。”警察自言自语道，他试图从这个马戏团溜走。但是不行。每试图往前迈一步，他就会连连退两步。像有什么东西从背后拖住了他。他开始流汗了，挥动着双臂。原来这位警察不打算再站岗了，就从一位上司的柜子里找到了一件金丝防弹锁子甲穿上它。

他再度尝试离开这个马戏团。而那股来自大地与

空气的未知力量又一次拉动着金锁甲，把他拉得步步后退。

逃是逃不了，连留在原地都不可能了。因为那股越来越强的力量想把他抬起来，那件金子制成的锁子甲如同一张捕鱼网，把这位警察卷到了半空中。

他就这样被卷走了，就像一只羔羊被老鹰掠走一样。这时，悬在半空中的脚简直比踩在地上的还多。这位警察和一个打扮成士兵模样、穿着深蓝色裤子、举着手账、戴着一顶绣着金属徽章的圆军帽的人体模特一样，被吸引着穿过了通往马戏团大路的门，一直被他黄金锁甲上的磁力吸到了应有尽有先生睡觉的地方。而马戏团的主人正忙着照看着我们的应有尽有先生，赶着用新箱子去收集、保管夜间演出时从观众那儿劫掠来的“战利品”。

这位穿着金锁甲的警察可是结结实实地撞上了应

有尽有先生。

这位小警察着急忙慌地给应有尽有先生脑袋上来了一棍子，后者在睡梦之中已经可以说是一个无耻窃贼了，还一直试着从警察身上剥下那身金锁甲呢。

吃了一棍子，那位睡着了的“磁力机”终于睁开双眼，醒过来了。他一醒来，那股施加在金锁甲上的磁力就跟着消失了。小警察感觉自己被松开了，重获了自由，再也没有什么能牢牢地吸住他，就惊恐万分地撒腿跑了。

他们找了个借口，说是像应有尽有先生这样的人对全世界的安全而言都是一个威胁，于是当代警方出动了，紧跟着国家警察与军队都来了，没过多久连国际警察都参与了对应有尽有先生的抓捕行动。他们重金求索应有尽有先生的下落，还发布了高额悬赏，要求活捉他。必须是活捉，因为如果他死了，可能就不

再拥有吸引黄金的魔力了。

那些纽约的银行家开始行动了，他们一个个戴着锁扣一样的领结，脖子僵硬地高高昂起，浑身上下都由绿色的百万美钞制成；万王之王的间谍开始行动了，他们个个行踪诡谲，居心险恶；跟着世家财阀、巨头大亨屁股后面团团转的代理人开始行动了；黑社会老大开始行动了。这群疯狂的寻宝大部队追踪着神秘的应有尽有先生的踪影，展开了一场最可悲的狩猎。

而最不可思议的事情发生在埃及。原来马戏团的主人把应有尽有先生藏在了一个巨大的双耳细颈瓶中，还在上面钻了孔以便他能维持呼吸。他把这个巨瓶扔进了尼罗河里，缠在一堆渔网中，这样瓶子就不会被河流冲走，也没有被冲卷到渔网外面的危险。

在荒漠的流沙之中，数十个石棺慢慢显露出来，里面埋着一些不为人知的木乃伊。这些木乃伊浑身覆

满金子，戴着发红的金面罩，幽绿的金手套，手持权杖，穿着金制的拖鞋。

这些木乃伊和那些如今已经被发现的截然不同。他们是在地球急速冷却的某个冰河时代被埋进了有史以来最为严酷的极寒之中，因此看起来似乎是死去了，如今却又复活了。

那些女人都干瘦无比，头颅上的毛发都落光了。男人们则个个只着遮羞布。他们声称是呼唤他们的人将他们叫醒了。而只有长眠者才是幸福的，因为这人一无所有了。睡着的人什么都不占有。而经过几个世纪的安眠，他们一醒来，又恢复了那种去占有、去捍卫的意识。

巨人士兵从积聚着黑雨的大片乌云中降落，拔出了他们寒光凛凛的宝剑。

这不是死而复生，而是唤醒了那些几个世纪沉睡

MUJERES MUY FLACAS, DE CRÁNEOS RASURADOS,
HOMBRES Y MOZUELOS CON TAPARRABO, RECLAMABAN AL QUE LES
DESPERTÓ: HABERLES DESPERTADO... DESPUÉS DE
DORMIR SIGLOS, VOLVÍAN A LA CONCIENCIA DE TENER Y DEFENDER~

在冰封之中的人，让他们每个人都重新拥有了在睡梦中所没有的一切。

乌云再次聚拢，天空越来越沉黑，又有巨人士兵降落到地上，他们像塔一样矗立，像宝剑般彼此交织如街衢。

是时候整肃纪律了，不是整肃死者，也不是整肃活人，而是整肃那些死而复活的、正义愤填膺地质问为何他们会沉睡如此之久的人。

那些解冻了的、重获生命的木乃伊，那些股票经理人，他们一边忙着探寻道路，一边却不知究竟该去向何方。木乃伊在巴黎证券交易所、纽约证券交易所和伦敦证券交易所里能做什么呢？而股票经理人在一片大沙漠中，在金字塔、狮身人面像和法老王的陵墓之间又能做什么呢？

要是那支由巨人士兵组成的军队都没办法捉到那

个只要离开了粗盐床垫就会在睡梦中通过呼吸吸来贵金属的怪家伙，那市面上的金价一定会暴跌，最后黄金就会失去价值。

一支古老船只组成的舰队驶向了未知国度的海岸，他们也是在寻找应有尽有先生下落的人。从上头下来了大名鼎鼎的土耳其斩首狂魔，携着双刃弓刀、土耳其弯刀，越来越多的脑袋就这样滚落下来；还有九千名纵火狂魔，举着燃烧着的松明火把，大叫着：“火……！火……！”其他船只里，有一艘装满了好几层的瓷器，羊皮纸的三角旗上写满了中国的文字，在湍急的大瀑布中，他们赢得了土地，玻璃眼珠，金属丝线，数百万的亚洲人……

在别的港口，有别的船舰。那些打斗，接舷，幡旗，戴假肢的海盗，比海盗还多的骷髅，大火，焚烧一切的火……焚烧应有尽有先生……

从大教堂里，从坟墓中，从永恒航行的船舰中，冒出了无数的武装骑士，他们已经做足准备，誓将带领十字军对抗那个磁化者，那个只可能是魔鬼的化身的磁力人。

在这些中世纪的骑士中，来自阿瓜米拉的参孙——这位直到死亡都跪着生活、在耶路撒冷当乞丐的骑士上尉从他白色大理石的墓穴中跳了出来。甚至在陵墓中，他都被刻画成屈膝跪地的姿态，他这是在为一个严重的过错付出代价。故事是这样的：

他只身一人，勇往直前，从大海进军到沙漠。夕阳沉落，除了他的马匹，他再也没有任何陪伴。

忽然，一位满身黄沙的女人出现在他面前，向他伸手求援。她脸上的皮肤几乎覆不住骨头，鼻子已经被侵蚀了，一只耳朵也掉了一半，双唇也早已腐坏。她的手也不再完整，只剩两只指头，大拇指和食指。

她为什么会出现在那里？她是在一场沙暴迷失了方向吗？她是从麻风病院逃出来的吗？她究竟需要什么帮助？……

这位阿瓜米拉的参孙给马套上了辔头，抬脚将马刺扎进马腹，朝这个女人身上冲去。除了死亡，难道还有更高的仁慈吗？……

马匹在大片的扬尘中来回穿梭，那堆骨头、毛发和沾了血的碎布片再也没有任何动静。

风尘猎猎。阳光在荒漠道路的另一边为她掘开了一个深深的坟墓。阿瓜米拉的参孙骑上马，身姿笔挺，风从他耳边刮过，滚热的夜露挂上他的面颊，他整个人都松快了。他知道，他的背后只剩下平寂与宽慰。如果他没有经过那里，那个已经被腐蚀了却无法被医治的麻风病人会继续遭受病痛的恐惧与无尽的绝望。

他的心中无所畏惧，星星指引着他，他骑着马一路前行。

哪儿响起了乐声？

是风声。除了风声，别的什么都没有。

他身着盔甲，头盔下的脑袋微微转动，他听呀，努力听呀……

是谁……是谁在呼唤他？

> 到那儿去，我的骑士，
> 只身一人，亦无仆人……

那是一个女人的声音，她不是在说话，而是在歌唱……

> 到那儿去，我的骑士，
> 只身一人，亦无仆人……

Sin recelo, las estrellas le
guiaban, avanzó al paso de su cabalgadura.
¿Música? El viento. Nada más
que el viento... ¿Quién... quién le llamaba?

从远远处，他差不多能看见那些贝都因人的帐篷了，还有椰枣树，通明的火把……

以及那一缕歌声……

你的骏马，最是轻快，

请停下呀，我的骑士……

他放缓了坐骑的脚步，然而那声音却越来越近，不断重复……

你的骏马，最是轻快，

请停下呀，我的骑士……

他停了下来，翻身下马，然后牵着马笼头，走入

了一片银沙之中的绿洲。

一个人，或者说一个长着人类脑袋的鸟前来会见他，用鸟类特有的亲切温柔的声音对骑士说道：

“无论你是谁，如今你来到了三刹那国度……”

然后这个人头鸟高高地飞翔着，带领这位骑士继续前行。在银沙、动物栖息其间的椰枣树、穿行云层的月亮和苏醒过来的夜莺之间，他们穿过一条鲜花小径，来到一位忽儿比女人更像女神、忽儿比女神更像女人的美人面前。

这位阿瓜米拉的参孙，我们的上尉骑士如痴如醉地看着这位美人，心神俱乱。他听到了她的姓名：安纳托利亚[1]的阿巴伊尔。她应该至少是一位女王。骑士屈膝跪下，把佩剑交给她，而她则要求骑士亲吻她，与此同时人头鸟正与马一道，等候在大地之夜的入口

1 安纳托利亚，又名小亚细亚，是亚洲西南部的一个半岛，位于黑海和地中海之间。

处。而这一切的发生不过在一个刹那间。

“无论你是谁，在三刹那国度，你只剩两个刹那了。”在马儿一声又一声的嘶鸣中，人头鸟提醒了骑士。

夜蝴蝶绕着阿巴伊尔与上尉骑士打转。

她将手伸给了骑士，而骑士在上面覆满了吻。骑士仍然是屈膝跪地，阿巴伊尔把他扶了起来，然后带他去了沙漠中一个满是美酒佳肴的帐篷里。

上尉骑士不停地吃呀，喝呀。他吃饱喝足以后，就在调香师的帷帐里打起了瞌睡。半梦半醒间，问起了他的马，半梦半醒间，他问起了他的剑，半梦半醒间，他问起了阿巴伊尔……

“无论你是谁，”人头马的声音再次响起，“在三刹那国度，你只剩下最后一个刹那了……”

只剩一个刹那？

在三刹那国度，阿瓜米拉的参孙只剩下最后一个刹那了吗？

骑士跟在几个猴子、几只鹦鹉后面，悄悄靠近了举世无双的美人阿巴伊尔，而她此刻比以往任何时刻都要更美丽。

那是些最懂得怎么献殷勤的猴子和鹦鹉。猴子手舞足蹈的，鹦鹉喋喋不休的，共同上演了一场爱情喜剧。

阿巴伊尔（她知道他们之间只剩下最后一个刹那了吗？）笑了起来，接纳了那来自猴子与鹦鹉、鹦鹉与猴子的亲切热情的招待……

她唱了起来：

白日赠我双眸，
黑夜赐我长发，
我红红的、红红的嘴唇
将我的心儿也吐露！

上尉骑士毫不犹豫地一把从人头鸟的手里抢回了马匹，他捉住阿巴伊尔的腰肢就把她甩上了马背，然后消失在黑夜之中。

白日将他唤醒。在荒漠无尽的孤寂中，一位骑士骑着一匹疲倦的马，摇摇晃晃地前行，臂弯中搂着一副麻风病女人的骷髅。

一直走到耶路撒冷，他才停下了步伐。他被地狱般的炎热环绕着，身后跟着成群的苍蝇和在他身上拉满粪便的小鸟。

骑士亲自为这个因麻风病死去的女人挖了墓穴，给予了她一次死亡，一场葬礼。而他的余生所有的日子，都保持着屈膝跪地的姿势。他再也没有站起来过，他就那样跪着，双膝跪地，祈求宽恕。

这就是发生在阿瓜米拉的参孙身上的故事。在陵

墓中，他都被刻画成屈膝跪地的姿态。这位骑士也从墓穴中跳了出来，加入了从陆地、海洋与天空全面追捕应有尽有先生的队伍。

第四章 伟大癞蛤蟆奇拉巴科

应有尽有先生被马戏团主人关进了一个埃及式双耳细颈瓶。与其说是个瓶子，倒更像是一个石棺，能保证他安全无虞，没人会发现他，没人能找出他的下落。在这个牢笼里，这个不幸的人几乎要窒息了，像一个垂死者一般艰难而急促地保持着呼吸。

伟大癞蛤蟆奇拉巴科得到消息说，在他的永夏宫里，近来有一个令人痛苦的呼噜声整夜整夜地折磨着大家，就好像哪儿有个癞蛤蟆被一块大石头或是什么重荷砸扁了，奄奄一息。

竟然敢砸垮他地盘里的癞蛤蟆?

伟大癞蛤蟆奇拉巴科嘴上冒出泡沫来，暴怒地咬紧了没牙的牙床。他这个物种竟然不长牙齿，这真教他痛心！如果他有一口牙，他一定会一边膨胀，膨胀，

LAS NOCHES EN EL PALACIO DEL ETERNO ESTÍO.
ACOMPAÑADAS DEL LERO~LERO~LERO~LERO DE LOS COROS SAPINOS,
EN OLAS QUE SE IBAN, LERO~LERO~LERO Y LOS
QUE TODAVÍA, LERO~LERO~LERO~LERO, DESMORONABAN LA VOLUNTAD DEL MÁS TEMPLADO ESPÍRITU~

膨胀到几乎要爆炸，一边疯狂啃噬，把一切都咬成碎片。在他的月夏王国里，法律规定了他所有的臣民——所有的两栖动物都享有一定的保障和权利。有一些权利很特别，比如吐唾沫权，因为如果不能及时吐出泡沫来，癞蛤蟆就会把自己给憋死；比如呱呱叫权，对一切喜好沉默、行踪诡谲的物种（例如蛇）来说，这项权利真是太讨厌了；比如临死变色权（这是一项对人类而言可以利用的特殊能力，为了查明某种饮品是否被下了毒药，他们就把一只癞蛤蟆扔进装了相应的容器里，当泡在毒药中时，癞蛤蟆会因为感知到死亡的来临而周身变色）；比如神圣的借助月亮参与月食权；比如不得与青蛙——那些在轻甜的雨水中雌雄同体的家伙——混淆权；比如被保留在大教堂浮雕权，癞蛤蟆被视作生命坚实的象征，往往被雕刻在圣水池的底部，既可以吓一吓孩子和留着小胡子的老妇人，看到这些癞蛤蟆雕塑，他们画十字的工作会更轻柔。如果说真存在人权，那一定也存在癞蛤蟆权。

在热雾腾腾的肥皂水清晨，一个由两栖动物皮革制成的两栖小鼓响呀，响呀，响个不停，嗒嗒——嗒嗒——嗒嗒——嗒嗒——

一整夜，大家听着那个所谓被不知道哪来儿的巨重压扁了的癞蛤蟆呱呱叫个不停，呼噜打个不停，有人说这是某个炼金术士的复仇。

“炼金术师”这个词刚刚说出口，永夏宫花园里的癞蛤蟆会议就好像变成了一部充斥着恐怖景象的电影。

在地狱赞歌的伴奏下，男男女女的各式魔鬼开始翩翩起舞：

公癞蛤蟆，母癞蛤蟆

到这儿来，

捉魔鬼，

他要跑啦……

而由于迷幻癞蛤蟆释放出的迷醉信息素，连裁判所审判员，女巫，一群群苍蝇，一只只小小鸟全都拥来了。

伟大癞蛤蟆奇拉巴科发动了他的小癞蛤蟆电报网——成千上万的微型小癞蛤蟆以带电流的移动互相进行电报式的信息交流——现在他已经知道了那个所谓来自某个癞蛤蟆的、介于呱呱叫与呼噜声之间的叹息声究竟从何而来了。

而呈三角状的星座挂在燥热无比、无比燥热的夜之圆幕上。

尼罗河。比沉睡的死水更多的蓝羽毛。在河流中充当马匹助人渡河的鳄鱼。金字塔。狮身人面像。系在网上防脱溜的漂浮木筏。木筏上有一个埃及式双耳细颈瓶。在这个更像是棺材的器皿上钻了小孔，能让关在里面的人不时换个气，发出几近窒息死亡的粗重鼾声。

没有钥匙。没有刺穿瓶身的方法。没有任何一张莎草纸记录了打开那座牢狱的秘密钥匙。什么都没有。这个瓶子就是全然的奥秘。

这个巨大瓶，或者说这个棺材由一整块材料打造而成。而癞蛤蟆们还是坚持认为是有一只可怜的癞蛤蟆在那儿呱呱乱叫，他被某个巫师的邪恶之手封死在那儿，一点点变得干燥、憔悴，然后开始食用自己的身体，直至死亡。这种事巫师对其他的癞蛤蟆也干过。

伟大癞蛤蟆奇拉巴科一声令下，要求那些经过了训练后可以任意缩骨直至变成一束癞蛤蟆皮、一缕神经的特种癞蛤蟆必须穿过充当通风口的小洞进入瓶中。

就这样，那些肩负着救受难同伴于邪恶魔法的特种癞蛤蟆就一个接一个地钻进去了。

伟大癞蛤蟆奇拉巴科高兴地用自己的唾沫漱起了口，在那张权力之嘴中涌出的口水里，他尝到了自己智慧的滋味。尽管进入那个“戒备森严”的瓶棺几乎可以说是一个不可能的任务，但是他只是施号发令，他手下那些经过了特训的癞蛤蟆蛙就接二连三地钻了进去。

那些长着大脑袋和大牙的鱼癞蛤蟆也纷纷跳出水面，意欲参与这场由至高无上的伟大癞蛤蟆奇拉巴科指挥的军事行动。毕竟多年以来，这是奇拉巴科唯一一次迈出他的永夏宫。

而瓶棺里又发生了什么呢？

我们不得而知。癞蛤蟆们碰上了一个沉睡不醒的人，他鼾声连连，看起来相当可怕。他浑身扭曲，一会儿缩手缩脚，一会儿伸展肢体，却找不到一个合适的姿势。他的脸颊、鼻子和嘴巴上都吸着金属碎片，这让他呼吸由癞蛤蟆们刚刚钻进来的那个小孔提供的微薄空气变得更困难了。

怎么办？

叫醒这个人，把他从那儿救出去……

说干就干。所有缩到最小以便流入小孔的癞蛤蟆都开始充气膨胀，尽其所能地增大自己的体积。

癞蛤蟆开始请求增援。又有十八只特种癞蛤蟆从小孔钻进瓶中。钻进瓶棺后，他们也开始模仿同伴，将自己吹得胀胀鼓鼓的，满肚子都是空气。就这样，那座狭窄的牢狱炸开了，炸成了一片片碎片。

那个人究竟是谁？

癞蛤蟆们压根儿也不知道他就是应有尽有先生。

伟大癞蛤蟆奇拉巴科两条腿拉得很长很长，高高地站立起来，他把自己的屁股、后背和脑袋也都拉得高高的，只为和那个神秘人物握手。那些癞蛤蟆把身体收缩得极细极细，几乎变成了一缕丝线，钻进了气孔里，后来又吹气膨胀，把那个囚室炸得粉碎，救出了那个幽蓝的、遥远的人，因为他们一开始还以为那里面是个癞蛤蟆呢。

在半梦半醒之间，应有尽有先生握住了伟大癞蛤蟆那只戴着冰冷皮质手套的手。他请求癞蛤蟆们能让他躺到一张粗盐床垫上，因为他急需停止释放磁力；不过“因为”后面的后半句应有尽有先生只是脑中想了想，并没有说出口，因为癞蛤蟆们仅仅是看到他蓝幽幽的脸和蓝幽幽的身体就已经相当害怕了。他身上人类皮肤的颜色褪尽了，连双手都是蓝色的。

就这样，癞蛤蟆们给他在永夏宫找了一个小房间，在这个由螺纹贝壳化石和黄玛瑙纹章装饰的房间里铺了一张海盐床。他终于可以睡在上面使自己的磁力平息下来，这一个秘密只有他自己知道。

在一群癞蛤蟆和不变的夏季潮湿中生活，应有尽有先生很幸福。即便是大白天，即便在太阳照射时，也依然有一缕月光。对一个像他这样能吸引金属、吸引黄金的复健期磁化病人而言，还有什么比月光更好的呢？

下午凉爽一些的时候，奇拉巴科会同他一道散步。他们常走的小路铺满了白色细沙，让他不禁想起那些施恩于他的粗盐颗粒。

应有尽有先生并没有向伟大癞蛤蟆袒露他能吸引一切金属的磁化呼吸的秘密，奇拉巴科却向应有尽有先生袒露了心迹。

他抱怨说动物王国里最不幸的就是两栖动物了。

他们如此丑陋，皮肤长满褶子，同时又坚硬无比；他们的眼睛都快从眼眶中凸出来啦。两栖动物跳跃前行的体态也不雅观，更别说那单调无聊、惹人不快的呱呱叫的声音。

他还抱怨说他们这个物种最常被诽谤、中伤。人们老说癞蛤蟆就是恶魔派来的使者，是疾病邪恶的化身，是装满了地狱剧毒的小袋子，谁要是敢紧紧盯着他们看，癞蛤蟆的唾沫就能要了那些人的命。人们还说这些剧毒袋子专从母亲的双乳中偷窃喂养孩子的母乳，专爱在水源和蔬菜中播撒毒液……

这些谣言满飞天，残酷的迫害随即而来。癞蛤蟆有时候就成了巫师们的妄想症的受害者，有时候被那些以造物主的名义惩罚他们的人伤害。

而当听到奇拉巴科说，不少炼金术师为了准备一种据说可以预测未来、洞见来日图景的饮品，他们会捕捉癞蛤蟆，从这些痛苦的两栖动物突出的大眼珠中获得瞳孔榨出的汁液，应有尽有先生蓝莹莹的两颊上流下了两行银子泪珠。应有尽有先生皮肤颜色已经全变了，现在他拥有一张幽蓝的面容。当他哭泣的时候，他双眼中流出来的是金属物质。

“从过去到现在，我们在自然界发挥的作用总是被所有人无视，”奇拉巴科说道，“我们一直忙着清理造物主花园里的害虫和毒瘴，现在这花园也全归人类啦。我们还经常被人塞到重症病人的床底下去吸收那些最最可怕、最最致命的高热……”

“不过也不总是这样……”奇拉巴科的妻子、最美丽的癞蛤蟆卡拉曼托雷拉大胆开口辩驳道。她深知她的丈夫总是狂热地想将癞蛤蟆们塑造成殉难者的形象，却忘记了当癞蛤蟆也有好的一面。要是成了蝎子、蟒蛇或者蜈蚣那才可怕呢。再说癞蛤蟆在历史的长河

中获取的荣誉其实也不少。“不总是这样，”卡拉曼托雷拉呱呱叫着强调着，“法国王室的徽章上过去有三只金蟾蜍，象征着肥沃的土地、丰产的庄稼和不计其数的财富。一直到克洛维一世受洗皈依了罗马天主教，王室纹章上的蟾蜍才被百合花所取代……”

卡拉曼托雷拉垂下了眼帘，对她而言，要把那双淡绿色的大眼睛凸射的强光掩藏起来还不呱呱乱叫可不容易。追溯历史，其实在撒旦教的节日上也会出现癞蛤蟆的形象——往往穿着丝绸的小衣服，披着天鹅绒披风，戴着羽毛小礼帽，还拿着头骨制成的小响板。

永夏宫的夜晚总是充满了癞蛤蟆合唱团“呱呱——呱呱——呱呱——呱呱——呱呱——”的歌声，一道“呱呱——呱呱——呱呱——”的声浪刚过，又是一道“呱呱——呱呱——呱呱——”，歌声最能消磨人最初的意志。白天，应有尽有先生总是立下誓言，决心与这些慷慨的主人道别，然后动身离开。可是每每到了夜里，歌声四起，他又这样耽搁了下去，意志力衰弱了，又回到了那张直接从海中采来的白色粗盐颗粒制成的床垫上，压制着身上的磁性。

他能去哪里，去哪里呢……

那些仍在追踪应有尽有先生的人用了死尸的腿来寻找他的下落，这些尸腿上配备了探寻磁铁的超敏雷达，行走时悄无声息。

想逃跑是不可能的。马戏团主人已经从他和他身上的强磁力攫取了整整一百九十八千克的黄金，其他人怎么可能轻言放弃利用他谋取利益的机会。甚至已经有人计划着注册商业公司或者成立一个巨大的匿名协会来“开采”应有尽有先生，就像他们开采矿井一样。

那个关押了应有尽有先生、后来被炸成碎片的瓶棺也被一些超现代实验室拿去做研究，可是无论技术

人员如何仔细检查，他们都找不到任何指纹，也没有任何人为干预的痕迹。它就这样从内部被爆破了，谁也想不明白究竟是怎么做到的。

有些人认为是火星人或者别的什么外星生物把应有尽有先生劫走了，他们担心以后全地球的黄金都会被他身上的磁力给吸到另一个星球上。不过许多人认为这种说法不过是虚晃一招，是用来麻痹那些野心勃勃的追捕者的。

应有尽有先生做了一个梦，他已经很久没有做梦了，可是现在他做了一个梦……

他能去哪里？离开了永夏宫炎热的环境，离开了那总是泡在雨水中的树干的香气，离开了那混有新鲜树叶味道的空气、人迹罕至的小溪流和只有小鸟和小鹦鹉居住的山涧，他能去往何处呢？

有一种癞蛤蟆被称之为“笨蛋”，会释放一种缆车毒液，让人产生爬上最高的树木的渴望，然后中毒者会忽然从树的高处忽然摔下，当场死亡。

这些“笨蛋”癞蛤蟆通体发绿，体格巨大，比别种癞蛤蟆要大十倍有余。他们刀锋一样锐利的目光盯着应有尽有先生这位被奇拉巴科与卡拉曼托雷拉邀请的客人已经好几个月了。这个人真是神秘而危险，被一个军队的特种癞蛤蟆从一个埃及式双耳细颈瓶中救出，又天天睡在粗盐床垫上。

“萨帕帕伊那”是在独身之月的照耀下举办的节庆，这是一个春分之后、满月以前的夜晚。在这个节日上，“笨蛋”癞蛤蟆可以找到机会将携带着缆车毒液的口水雨倒到那个可疑的不速之客身上。

那一夜，在独身之月的月光中，钟声谷也睡着了。之所以称其为“独身之月”，因为月亮总是独来独往，谁也不知道她的丈夫到底是谁。那一夜，在喧闹个不停的“萨帕帕伊那”的钟声中，钟声谷也睡着了。在这个节日的夜晚，那些精于旋转、跳跃的完美癞蛤蟆舞者会在树影与月光交织而成的棋盘里从一个小格子跳向另一个小格子，好像象棋中的棋子。

而那些巨大的、绿油油的“笨蛋”癞蛤蟆，身躯膨胀如一棵棵生菜。他们的目光正死死地盯着那对王室夫妇。

伟大癞蛤蟆奇拉巴科和他的妻子卡拉曼托雷拉一边行走，一边满身露珠叮当作响，而那个“入侵者”就紧紧跟在王室夫妇身后。“笨蛋”癞蛤蟆紧盯着他和国王王后分开的时刻，这样就能往他身上倾倒毒液口水瀑布了。

舞蹈还在继续。

在“月爱之链”的舞蹈表演中，当一圈淡黄色的光晕环绕着月亮时，所有癞蛤蟆都要手牵手，围成圈跳舞。

卡拉曼托雷拉预感到“笨蛋”癞蛤蟆正在酝酿一次针对应有尽有先生的暗杀行动，在她的指点下，永夏宫的小仆人癞蛤蟆戈多菲诺带来了一把小伞，这是一种癞蛤蟆专用的小伞，蓬松、洁白，几乎没有任何重量，由一个巨大的蘑菇制造而成，却更像是一朵云。整个夏夜，应有尽有先生都能躲在这把小伞的荫蔽下。

“一个节日就是一个奇迹……”奇拉巴科说道。

“由奇迹的碎片拼成……”卡拉曼托雷拉补充道。

这样一来，“笨蛋”癞蛤蟆没招了，没办法往这个客人头上倾倒毒液了，只能把缆车毒液抿在嘴里，继续保留在口水中。他们可以把毒液喷射到给他铺床用的盐粒中。

福加斯塔是“笨蛋”癞蛤蟆的绝对领袖，因为他喷射的毒液最有活性。现在他打算去应有尽有先生的房间找他，先往他的眼睛里吐口水弄瞎他，然后再让他在自杀之前发了疯地自我攻击，直到打得自己遍体鳞伤，像一个蝙蝠。

“哪些是奇迹的碎片呢？”应有尽有先生发问道，永夏宫的小仆人戈多菲诺为他高高地举着癞蛤蟆专用蘑菇小伞，把这位客人整个保护在了伞下。

“哪些……？”奇拉巴科的声音游移起来，他在等着妻子回答这个问题。

“月亮是什么？”卡拉曼托雷拉淡绿色的凸眼珠转动着，“月亮是什么？……月亮就是黑夜奇迹的一个碎片……而每一颗星星都是同一个奇迹的小碎片……还有每个舞者……我们每一个……还有睁着圆圆眼睛陪着我们的猫头鹰，在橘子树叶中穿梭的微风，还有没有睡下、唱个不停的小鸟拍打翅膀的声响……”

怪事发生了。在高高的夜幕之上，那些如金色的

LA LUNA ES UN PEDAZO DEL MILAGRO
DE LA NOCHE ...Y CADA ESTRELLA ES UN PEDACITO DEL MISMO
MILAGRO... Y CADA DANZARÍN... Y NOS
OTROS... Y EL CÉFIRO ENTRE LAS HOJAS DE LOS NARANJOS~

钟摆一样悬挂在无尽闹钟上摇摆不停的星星开始朝地球疯狂地坠落下来，好像无数的铃舌敲响了警钟。

每个摆锤的前端都挂着一颗星星，在掉落的路上，把遇到的所有树木、山峦和城市都撞成了齑粉。

应有尽有先生调动起全身的磁力魔法，终于让星星钟摆停在了半空之中。但死亡和毁灭已经发生了。成千上万的癞蛤蟆死去了。群山之中，癞蛤蟆们已经毫无生息，被砸死在地上。永夏宫的残迹屹立在残存的椰枣树丛中，雕梁画栋都被星星钟摆削断了。地上散落的浮雕里，只有癞蛤蟆的唱词叙述着一个失落世界的漫漫长史。

不过，为什么他会突然一下子没有了磁力，为什么会发生这样一场毁天灭地的大灾难，为什么那些垂在疯狂金摆锤末端的星星会从天上掠过，砸到地上，造成这一场大屠杀？

难道他是不当心沾上了一滴“笨蛋”癞蛤蟆的缆车毒液，才导致他的磁力尽失的么？

可是闪电不也是像燃烧的缆车一般上上下下地晃动吗？

在那个巨大的白蘑菇制成的癞蛤蟆小伞下，奇拉巴科和卡拉曼托雷拉都已经没有了生命迹象。

全蓝了。他的皮肤也是蓝的，手也是蓝的，连指甲和牙齿都是蓝色的了。应有尽有先生穿过这个被星星撞碎了的世界，继续前行。

第五章 金属遗忘塔里的蓝家伙

“那个关在金属遗忘塔里的蓝家伙”，人们就这样称呼那个怪人，而这个人不是别人，正是应有尽有先生。在癞蛤蟆大灭绝之后，他就来到了这座城市。不知道是什么时候（尽管其他人都记得），在半梦半醒间，他用玩具材料建造了这座塔楼。

有些冒失鬼出于好奇，询问应有尽有先生为什么他通体发蓝，他们担心这是一种疾病，尤其担心这种病会传染。应有尽有先生回答道，他属于蓝种人，这是继白种人、黑种人与黄种人之后，地球上最后一个人类种族。

没有人知道为什么他们称这栋建筑为金属遗忘塔，就算曾经有人知道，也没人记得了。这座塔不是仿照其他任何塔楼的样子建造起来的，它和那些用沉沉的材料建出的著名塔楼都不一样，不是巴别塔式的，不是巴比伦式的，不是埃及法老式的，不是罗马式的，不是埃菲尔式的，不是撒旦式的；它没有用到大理石，也没有用到铁、水泥和混凝土，而是用轻薄的、几乎就是空气的玩具材料搭起来的。白天，这座塔更像是移动的光、玻璃、镜子、非物质的透明层建起来的非现实之物；到了晚上，它就像是被那些在周围转动的上千个聚光灯照得闪闪发光的细尘造出来的……

在这座塔里，不必言说，不必动用触觉，不必伸长了胳膊去摸索去敲击，真实在此止步，虚幻从这出发。无论是出于好奇也好，或是想在一个空间中体验事物也好，所有参观者从大窗口探出脑袋时，都觉得自己好像在飞。在这里做什么都可以，参观者可以做任何他们想做的事情——除了打喷嚏。哪怕是一个喷嚏，都能叫这座塔整个儿倒塌。

禁止打喷嚏

有生命危险

这个属于蓝种人的蓝家伙其实是被关在那个后来被癞蛤蟆们炸碎的瓶棺里时，皮肤上涂了尼罗河的淤泥才变成这样的，这件事谁也不知道。这个蓝家伙，也就是我们的应有尽有先生如今生活悠然自得，远离了所有的追捕者，在那座高塔里，他栖居在陆地与天空之间，可以与飞翔得最高的鸟儿一比高下。

在这些鸟儿中，有一只镀镍羽毛的小鸟一头撞上了其中一扇大窗子。它撞得太重了，羽毛与鲜血沾在了玻璃上，然后它就重重地坠落了下去，失去了生命。

小鸟的身体撞上了窗子，坠落了下去。与此同时，玻璃上羽毛与鲜血凝成的物资开始栩栩如生起来，渐渐幻化成了一个女人的形态。她还是一个相当美丽的女人，一下就穿过了那面透明的表层。

因此，在那座四面八方都透明可见的塔里，这个蓝家伙的妻子的来历也不算是一个未解之谜。那个撞上了玻璃的小鸟羽毛上携带着的巢穴的温热，更加增益了这个女人的稀世之美。

巢穴的温热……

没有一种暖意比这更暖，没有一种温热比这更温热，没有一种甜美比这更甜美。

她的名字叫尼克拉，因为她有一身烟熏的镍色的皮肤，一对受惊的水的眼睛和一头光滑、平顺的羽毛头发。

尼克拉身姿挺拔，脖颈修长，脑袋左摇右晃的，和这座塔时轻时重的摇摆保持着同一种频率。这可不是一座牢固的塔，它太高了，总是像喝醉了一般晃来

CUERPO Y CUELLO ENHIESTOS DE AVE,
NICKELA BALANCEA SU PRECIOSA CABEZA AL COMPÁS DE LA LEVE
O ACENTUADA OSCILACIÓN DE LA TORRE QUE, LEJOS
DE ESTAR FIJA, ALTURA ES EBRIEDAD, SE BALANCEA DE UN LADO A OTRO~
GLU!
1 2 3 4 5

晃去。

甚至有人说，尼克拉的全部工作就在于随着这座在白日与黑夜中航行的高塔的节奏晃动脑袋。

一套全新的体操动作是不是就是从那座金属遗忘塔的晃动中诞生的？它把这种节奏传给了尼克拉的脑袋，而尼克拉就这样成了能传授这种新健美操的老师。

那些体操表演者在做出优美的动作时，他们的身姿在旋转不停的镜中以倍数级增加了。镜子里，他们的样子变形了，变得相当滑稽。有时他们被拉得好长好长，像长颈鹿灌成了香肠；有时他们又变得肥肥胖胖的，好像一群大象；有时他们魁梧如巨人，有时又矮小如侏儒；有时他们似乎鼻子也大，脑袋也大，还成了驼着背，长出了千臂千手，有许许多多的耳朵、指头和嘴巴，脸上还有好多个眼睛。

这些怪诞滑稽、引人发笑的画面可真是千奇百怪，连那些最全神贯注的体操员都觉得很有意思。因为尼克拉式体操竟然将极其枯燥乏味的体操动作和丰富的视觉娱乐结合在了一起，这让它很快享誉世界，越来越多的人开始练起了这种新体操。

应有尽有先生警告了他的妻子尼克拉千万不可以打喷嚏。

只要有人打个喷嚏，这座塔就会瞬间倒塌。

尼克拉害怕极了，差点儿就要哭出声来，她很担心她的哪个体操学生会在不知道什么时候就打出一个喷嚏来。不过应有尽有先生安慰了她：

“亲爱的小尼克拉，不是什么喷嚏都不能打，不是什么喷嚏都不能打……”

“这怎么说呢……”

“如果有人打了一个金属喷嚏，这座塔才会垮掉……”

“什么是金属喷嚏？”

“小尼克拉，就是金属人打出的喷嚏，那种喷嚏会摧毁这一切，是的，你没听错……这一切都会被摧毁……”

“既然如此，为什么你要禁止所有的访客、我所有的体操学生打喷嚏呢？”

“小尼克拉，还是要小心为上，最好是一个喷嚏都不能有……”

“金属人……金属人打出的喷嚏……”尼克拉喃喃着，想起了那些穿戴胸甲头盔的士兵。

在白日与梦境中穿梭。这座塔以星星眨眼的节奏摇摆着。这座塔内部好像和一面棱镜一样，隐藏了一枚易碎的太阳。破碎的光芒闪烁，在四处燃烧。在这种火焰中，那对幸福的伴侣，也就是那个蓝家伙和尼克拉的儿子“长眼睛的小镜子”在祝福中来到了世上。

他既是长子，也是独子。

据说“长眼睛的小镜子”刚刚长大就出去找眼镜了。

他观察着一切事物，可就是没有眼镜。

一刻都不想耽误，他赶紧出发打算去买眼镜。

“‘长眼睛的小镜子’！”徐缓平和的水对他说道，“你看事物，如同我看事物：那就是反射一切……！”

“‘长眼睛的小镜子’！”一块扁扁的冰开口用散文体说道，“为什么气泡看不见天空所能看见的事物？”

“‘长眼睛的小镜子’！”一颗由日光与爱之光线制成的钻石呼唤着他，“为什么你和我一样，废除了目光所及的一切，而在我身边的，却只是待在我身边，没有什么能真的看见我？”

“别再问我问题了！”小镜子生气了，“更别说这么多问题扎堆来问！我出去找了眼镜……”

“‘长眼睛的小镜子’，小镜子首长！”蜜糖忽然插嘴道，“我总是在薄饼上看东西，我的姐姐蜡油总是在烛台上看着我们！”

“黏糊糊……恶心！没有手帕！”

“‘长眼睛的小镜子’！要是你看到了我，可别盯着我……是谁在贝壳的珍珠母里面浇灌彩虹？”斜眼鱼提问。

“小镜子！小镜子！要是你看到了我，可别盯着我。难道海绵能用它吸满了海水的孔洞看东西吗？”红曙光问道。

“喂，喂，单片镜，单片镜！长眼睛的小镜子的每片眼镜片都听好啦，眼镜来了……”

“是用那种镜架做的吗？”

“生气皱眉怎么办？您可以把螺帽松开，测量两眼的眼距！”

“小单镜先生……”

“我是说，小镜子先生要的是金子镜架或者玳瑁镜架，他要的是一副国王的眼镜……”

“不要黄金不要玳瑁，我要一副果核儿制成的眼镜……”

“我没弄明白……”

“要鳄梨的核儿做的眼镜。只有一颗核儿，从中间切开，两边都有孔……”

“小镜子先生要找的是一副植物眼镜……”

“小单镜先生，通融通融，看看树木怎么样？”

“它们才不戴眼镜呢……”

“那真是太丢份儿啦！一片叶子裁出的眼镜，不能叫眼镜了，而是‘眼叶’……”

“我以前有一副眼镜是椰子壳做的。菲律宾国王堂·卡法斯（眼镜）·可可（椰子）·路易斯年幼时就戴那一副。他的兄弟是堂·卡法斯·路易斯·可可，

ESPEJITO CON OJOS VA EN BUSCA DE ANTEOJOS
DE AGUACATE... EL PICUDO DEL MAR LE ROBÓ LAS TIJERAS
A LA LUNA, PARA HACERSE ESAS GAFAS DE PLUMA
QUE MANTIENE EN REMOJO... PONTE ANTEOJOS DE SUEÑO ~

而他王座的继任者是堂·路易斯·可可·卡法斯……”

“‘长眼睛的小镜子’找的是一副鳄梨核儿做的眼镜……”

“去卖水果的那里看看吧……”

“我要去我真正想去的地方……”那个声音高了起来，那是一个嘶哑的孩子的嗓音。

一棵巨大的鳄梨树晃动着全身的叶子，弯折了粗大的树干准备逃跑。

“我听到了我不该听到的……我不想听到的……‘长眼睛的小镜子’，你想问我要什么东西呢？”

“我在到处找一副眼镜，我要想一颗核儿……”

“一颗核儿？一颗核儿几乎就是一颗小树苗啦……接着它就会长成一棵树，然后会有一条水果瀑布挂下来……”

“但是我想要一副眼镜……”

“为什么一个用眼睛说话的人需要一副眼镜？……”

“眼镜……眼镜……有了，”鳄梨树解释道，“猫头鹰先生的儿子有一副圆圆的眼镜，它只能在夜间视物，那是给它的惩罚……”它继续道，“海中的象鼻虫偷了剪刀带去月亮上，做成了一副永远浸湿的羽毛眼镜……知更鸟有一副红色的眼镜，专用来观赏日落……而大地则戴一副名为海洋的声浪滚滚的眼镜看着我们……”

“我要洗一下手……如果大鳄梨树不给我核儿，我就去找特拉帕先生……”小镜子说着就离开了，“特拉帕、特拉帕、特拉帕先生，我来找一副眼镜……”

“我的名字是特拉庞多霍！特拉庞多霍！一个孩子戴眼镜？那也简直是悖论……眼镜是给老人戴的……”

“‘长眼睛的小镜子’想看很远很远的地方……”

“看那些藏起来的东西……？这就不一样了……”

“‘长眼睛的小镜子’像看那些非其所是的东西……”

“我给你一副用核桃壳做的眼镜……”

“能看到幻想的东西吗？”

“我的名字就说明了一切……我叫作圈套儿，给你，这是一副可以捕捉灵光一闪的念头的眼镜，是用核桃壳做的，你还能用它来看幻境，看那些非其所是的东西……”

“再见，圈套儿先生……”

“‘长眼睛的小镜子’，”一个夫人开口说道，她虽然已为人妇，却没有丈夫，“戴上睡梦的眼睛吧……你既看不到那些非其所是的东西，也看不到那些为其所是的东西……”

他没有再回到塔楼。而他的父母在做什么呢？

该发生的还是发生了。

一个金属人来了，然后他打了一个喷嚏。

一个金属人？……他从哪儿来？……他要往哪儿去？……他怎么来的？……

那些问题相互切割着，合并着，一会儿收缩起来，一会儿又抻开来……像是跳动的蛇被切割成了碎片……互相寻找……靠近……合并……重新又拼凑成那些问题……

从哪儿来？……往哪儿去？……怎么来的？……

然后他离开了广场……

“他离开了广场……离开了广场……离开了广场……”所有人都这样重复着，“他离开了广场……离开了广场……”

“他的马蹄……”

“……他的马蹄……”所有人都这样重复着，“他的马蹄……”

他的马蹄在大街上回响……他往塔楼去了……

但他究竟是谁……

……他往塔楼去了……往塔楼去了……往塔楼去了……

但他究竟是谁……那个金属人究竟是谁……

……他究竟是谁……那个金属人究竟是谁……他究竟是谁……他究竟是谁……

是不是一个墨洛温王朝的皇帝？……

是不是一个击败阿提拉的胜利者？……

是不是一尊骑士雕像？……

他不同意那儿矗立着一座金属遗忘塔。他抵达那里，骑着马，带着他所有的一切冲了进去，当他想回忆起他在卡塔隆平原战役中终于战胜了阿提拉时，他打了个喷嚏……卡塔……卡塔……卡塔塔塔塔塔……隆隆隆……砰砰砰！轰隆隆！塔垮啦……

“原来不过是遗忘金属的雕塑！”他说道。

他又转身向广场进发。

第六章 去往鳄梨树林

是一只小鸟钟把“长眼睛的小镜子”的父母从塔里救了出来。

当没有丈夫的夫人陪着小镜子外出寻找眼镜的时候，他的父母，也就是“蓝家伙”和尼克拉正在卖鸟的人那儿呢。正是这时候那位墨洛温的皇帝打下了那个喷嚏。历史上很少有喷嚏是这样令人记忆深刻的，一个喷嚏竟然就把金属遗忘塔炸得粉碎。

这是一只有许多只小鸟日夜不停共同报时的钟。

世界绝无仅有，就这样一台。

就这样一台。

因此，藏身在“蓝家伙”外表下的应有尽有先生心心念念要买下它。

他要不惜一切代价买下它。

那真是一笔巨款。

小鸟钟和鸟儿被分别放在了两个圆形鸟笼中，每个笼子都被分割成十二个小隔间。在每一个小隔间里，都有一只小小鸟，唱着不同的歌儿，毛色也不尽相同，从胭脂红到煤玉黑，从碧绿到碧蓝，从硫黄色到羽毛白，那些绿的红的黄的蓝的小鸟热情洋溢地报着时。和那些既没有灵魂也令人完全无法得知报点时它们究竟在做什么的沙漏、日晷和机械钟截然不同。

凌晨十二点，“咔啦——咔啦——咔啦——”的声音传来，是猫头鹰在报时……

凌晨一点，乌鸦出来了……

凌晨两点，是角鸮……

凌晨三点，是杜鹃鸟……“咕咕……咕咕……咕咕……”

凌晨四点，是一只白喉林莺……“咕噜噜……咕噜噜……”

早上五点，是一只小嘲鸫歌唱……

早上六点，是一只夜莺……

早上七点，是一只云雀歌唱……

早上八点，是一只拟黄鹂……

早上九点，是一只赤胸朱顶雀……

上午十点，是一只小麻雀……

上午十一点，是一只苍头燕雀……

中午十二点，是一只金刚鹦鹉，“咕咕噜……咕咕噜……”

（它用翅膀把所有的阳光如水一样洒到了自己的身上。）

下午一点，是一只虎皮鹦鹉……

下午两点，是一只金斑鸻……

下午三点，是一只啄木鸟……

下午四点，是一只家鸽咕咕地叫起来……

下午五点，是百灵鸟在歌唱……

傍晚六点，欧洲金枝雀开始唱歌……

傍晚七点，是一只南美哀鸽……“咕咕哩……咕咕哩……咕咕哩……”

晚上八点，是一只秧鹤……

晚上九点，是一只乌鸫……

晚上十点，是一只笑隼，“嘎嘎嘎，嘎嘎嘎”地叫起来……

深夜十一点，是一只纵纹小鸮……

为金属遗忘塔而言，还有什么钟能比这样一个小鸟钟更好呢？

应有尽有先生已经在词汇库中删掉了所有“我的”或是“你的”，擦除了他语言系统中所有的物主代词。既然所有的事物都属于他，还有什么必要保留这些词呢？

包括他的儿子“长眼睛的小镜子”和他的妻子尼克拉也都属于他。

他们的新家在一片广阔的原野之上，边上就是好几片小树林。这个家里堆满了玩具。

有轨道小火车，有那种行驶在小轨道上、像拄着拐杖一样左摇右晃的原始火车头，也有按大型特快列车为原型制成的全新电车微缩模型。

有飞机，所有种类的飞机。有一些还没组装好的装在了盒子里，另一些已经整装待飞。一些飞机有发电机，一些没有；一些飞机有飞行员，一些没有。

有小艇、小帆船、蒸汽轮船、潜水艇、装甲舰、航空母舰，当然，这些也全都是微缩模型。

还有皮球、高跷、轮滑鞋、小三轮摩托、小步枪、手枪、小木马、组合积木，甚至还有小锡兵。

每次应有尽有先生给儿子带一个礼物，“长眼睛的小镜子”又是搂着爸爸的脖子，又是鼓掌，又是快活地蹦蹦跳跳。可是片刻之后，他就会丢掉手上的玩具，变得无精打采，他的幸福快乐只有短短片刻。

应有尽有先生没办法让“长眼睛的小镜子”快乐起来，这个孩子总是一副悲伤的样子，仿佛生活在孤立无援之中。

看起来他好像还是缺了点什么。可是，缺了点什么呢……到底缺什么呢？应有尽有先生困惑得抓耳挠腮。

他跑去询问了妻子，询问了枕头，应有尽有先生相当罕见地陷入了绝望，最后他决定去摇一摇儿子，要求他一五一十说明白他究竟缺了什么。

“你的父亲无所不能，”他晃着儿子的肩喊道，“地球上没有什么东西是我没法给你的……你听到了吗？没什么不行的，你想要什么我都能给你，我就是这一切的一切的一切的一切的主人……”

他还能问谁呢？

黄昏降临，当世上所有的存在都开始被抹去时，应有尽有先生独自在原野上漫步。

如果连自己的儿子缺了什么，他都不能送给他，那么成为应有尽有之人、拥有这一切的一切的一切又有什么用呢？

“卢塞奇诺”出现在应有尽有先生面前，他是使用磷光语言的幽灵。他的嘴里会飞出萤火虫，他光影闪烁地眨眨眼睛就是在说话。

他们并肩走了几步，然后“卢塞奇诺”用绿色的火星在空气中写了这个句子：

“不要失去理智……”

过了好长一阵，那忧郁而微弱的光再次亮起，写下了同一句话：

“不要失去理智……”

SE PASEABA POR LOS CAMPOS SOLITARIO, AL ANOCHECER, CUANDO EMPEZABA A BORRARSE TODO LO EXISTENTE. ¿DE QUÉ LE SERVÍA SER EL HOMBRE QUE LO TENÍA TODO, TODO, TODO, TODO, TODO, TODO, TODO, TODO... SI LO QUE LE FALTABA A SU HIJO NO PODÍA DÁRSELO?~

我们“长眼睛的小镜子”的父亲刚想问答“卢塞奇诺”的话，问问他为什么会提出这个建议，他就忽然消失了。

尼克拉在一片漆黑中寻找着丈夫，她的前胸被提着的灯笼照得透亮。

翅翼沉重的夜鸟有的栖息在树梢，有的仍然盘旋。

夫妇二人手挽着手回到了家中。

“你知道吗？”尼克拉开口说道，整个人靠在了丈夫胳膊上，把灯笼递给应有尽有先生让他提着，“你知道小镜子缺的东西是什么吗？”

“我要是知道就好了……”他叹了一口气。

“你去问问他吧……他答应我会告诉你的……”

就这样，“长眼睛的小镜子”和亲爱的父亲说了鳄梨树的事情。

“什么鳄梨树……？”应有尽有先生生气地皱起

了眉头。

“就是树林那棵……很高大的那棵……最高大的那棵……”小镜子继续说道，“它拒绝把一颗核儿送给我，我太难过了……”

“它的一颗核儿？”应有尽有先生提问道，听了儿子的倾诉，他愈发生气了。

“是的，就是它的一颗核儿……”

“你要那个东西做什么呢？为什么你这么想要一颗核儿呢？在家里，你已经是应有尽有了，到外面去，你也是要什么有什么，你也知道我就是这一切的一切的一切的一切的一切的主人，而我拥有的这一切的一切也都是你的……”

“那天我出门去找一副眼镜。我就问鳄梨树要一颗核儿，我可以从中间切开它，把每一瓣都钻出一个孔来，然后穿上几根电线，我就能给自己做出一副鳄

梨核儿的眼镜了……”

“然后它不肯给你？”

“它拒绝我了。所以现在什么玩具都没法吸引我了。鳄梨树说一颗核儿就是一株小树苗，一株小树苗就会长成一棵大树，大树就会流泻出果实的瀑布……”

“它是这么和你说的……”

尼克拉从应有尽有先生的臂弯里把那个孩子抱走了。没有丈夫的夫人建议他应该戴上一副梦境眼镜去睡觉了。

就在那一夜，应有尽有先生听见“卢塞奇诺”在他附近徘徊着，这个使用磷光语言的幽灵不断地写着同一个句子：“不要失去理智……不要失去理智……”

“很好，很好，不过那棵鳄梨树有什么权利拒绝我的儿子？它有什么权利拒绝我的儿子小镜子？从它的树根到它最高处的树枝都是我的，整片树林——连整片树林都是我的。就一颗核儿……它的果实里藏着成千上万的核儿，就要一颗核儿……”

“我倒要去跟它谈谈，我要去抗议，我要去跟它说如果一个孩子又回来问它要一颗核儿，不可以拒绝他……一颗核儿又值什么钱……一颗普普通通的圆果核儿值什么钱，每棵鳄梨树的肚子里都藏着不少呢……”

他终于慢慢睡着了。

能睡着的人是幸福的，因为梦境是一无所有的王国！

他一直睡到了一个雾气蒙蒙的炎热清晨才醒来，这气候正合适从床上搬到吊床上去睡。

要不是儿子和鳄梨树那件事，他本来早就搬过去了。

应有尽有先生没有耽搁任何时间就出发前往树林了。

整片树林悄无声息，如同睡着了一般。因为有雾，也没有鸟儿在飞翔盘旋。一片寂静中，只听到他自己

的脚步声。

他冲着鳄梨树粗壮的枝干喊话，过一会儿就听到了自己的回声：

“鳄梨树，你也属于我，凭什么拒绝给我儿子那不属于你的东西？……”

他把问题说得很复杂，故意让鳄梨犯迷糊。

“鳄梨树，你也属于我，凭什么拒绝给我儿子那不属于你的东西？……”

大树沉默不语。静得几乎都听不到叶片之间轻微的颤动。

“回答我，想想你的下场！”他说完就后悔了，“不，不是，鳄梨树，我不是在威胁你，但是快点回答我……”

“我会有什么下场……”大鳄梨树清了清嗓子，他的声音听起来有点儿油腻腻的。

“不该出现的下场……”

只有枝叶中发出一些响动。

“你给我儿子小镜子一颗果核儿也不费什么劲儿……”

“一颗果核就是一棵树，这棵树结果实的时候，每一颗果核里都能长出更多别的树，核儿生树，树又生核儿，会长出几百万棵鳄梨树……”

“对我而言这个‘几百万’毫无意义，你也知道我是谁，我是应有尽有先生……”

鳄梨树还是保持着沉默。

“你究竟为什么要拒绝给我儿子一颗小果核儿呢？”

“他要用来做什么？”

“做一副眼镜……”

“明明是一副面具，因为看起来像是一副面

具……”树上所有的叶子都议论了起来。

“他会再回来问你要一颗核儿的……”

“我不会给他的……”

“你会给的……”

“你不是威胁我吗？动手吧……”

“你最好再想想，”小镜子的父亲说道，“早晨很冷，也许等太阳出来了，你的想法会更清晰，你会同意我的要求的。”

“凭你的威胁？”

“不是，不是威胁你……”

“你的思想里只有威胁……”

“我是一个父亲……”

“我也是我所有果核儿的父亲……”

当大雾将万物都笼罩进了一场噩梦般的幻象中，水疲于成为水，土地疲于成为土地，而人也疲于成为人。

他决不可能放任儿子再去被那棵鳄梨树拒绝一次。

最好还是要说服那棵鳄梨树才行。明天他会再回到树林里，就用鳄梨树最想要的东西去交换。一粒金子换一颗果核儿……

几天以后他又回来了，鳄梨树还是没有同意他的请求。明明是个很简单的要求，不过是拿几颗果核儿让小镜子做眼镜……

应有尽有先生甚至掏出了一颗圆钻石，和鳄梨树身上最大的果核儿一样大……

树拒绝了……

他要给它许多美玉，树要什么玉他都会给，这样它的果实就会由玉石和鳄梨组成，这是治疗肾病最好的方子……

树拒绝了……

他要给它天空，这样树结的就不再是鳄梨了，而

是满枝星星……

树仍然没有同意……

晚餐时，应有尽有先生从树林里回去了，桌上摆满了美酒佳肴，可他几乎一口都没动。

他想一个人待一会儿。

他用七把钥匙把儿子关在了房间了。一把，两把，三把，四把，五把，六把，七把钥匙。

他要报仇。

他点燃了烟斗。他抽的烟草并不是金灿灿的，而是漆黑而甜美的，滋味有如复仇。

连他的家人都不知道这件事。除了他自己，没有别人。

那棵树没说错：他的思想中已经充斥着胁迫。

几把锋利的斧子，几把锯齿深深的锯条，一些用于烧火的易燃品。那棵树连一点灰都没剩下。

到了中午，钢锯已经在巨大的树干上开了一个大豁口，几乎已经砍到了一半，鳄梨树开始发出痛苦的呻吟，每一斧子下去，它满身的枝杈都会颤抖着发出悲叹之声。锯齿彻底锯穿了这根树干，树叶碧绿的叶齿互相交织着，碰撞着。

没有谁来救它。

大火之中，“卢塞奇诺”的磷光语反反复复地响起：

“不要失去理智……！不要失去理智……！”

这场大火烧得太厉害了。一段段砍断、锯开的树干，无数的枝杈，树叶，果实，所有的果核儿，通通烧掉了，烧成了滚烫的煤灰。在星星遥远的闪烁下，什么都没剩下。

应有尽有先生准备回家了。他的工具都已经收拾起来，双手和面颊都熏得一片黑，头发全乱了，忽然……他感……感……感觉到一阵风撞上了他的后

背，很快几条蜘蛛手指、蜘蛛腿像钳子一样牢牢抓住了他，让他动弹不得。

他粗暴地把那个更像是某种记忆印象的东西大卸八块了，然后大步流星地朝森林出口走去。他很害怕，但是他不想承认，不想仓皇地跑动。

一队的影子拦住了他，说是影子，更像是一队的树木，说是一队的树木，又更像一队的影子。

是巡查队吗？

是的，是一个巡查队，不过是树木组成的巡查队。

路上有一些根茎冒了出来，有的很轻盈，有的能在湿润的土地上移动，有的根本就没埋在地下。一棵松树抬起了沉重的充满了权威的手，把一根枝杈砸到了他身上。

巡查队里的其他树也都靠了过来，不过它们更像是服从大树的命令过来支援的高大灌木丛。它们把应

UN GRUPO DE SOMBRAS, ¿SOMBRAS?, MÁS BIEN ÁRBOLES, ¿ÁRBOLES?, MÁS BIEN SOMBRAS, LE SALIERON AL PASO... ¿ERA UNA PATRULLA?...

有尽有先生绑上了坚不可摧的藤蔓，把他的手脚都绑到了背后，然后把他高高举起，带去了一个洞穴里。

应有尽有先生就在那里度过了一夜，第二天早上，他通过附近树林里群鸟的鸣奏推测已经破晓。几棵留着长须的树出现在他面前，白胡须上结满了葫芦藤，绿胡须上沾满了青苔藓。它们告诉应有尽有先生他即将接受树木法庭的审判，他被指控犯有针对鳄梨树的欺诈与故意谋杀罪。

他不是在做梦。

这一切都是真实的，真得不能再真了。应有尽有先生一头撞上了石头，尖叫着……不，他真的不是在梦中。

一些异光闪烁的眼睛整夜整夜看守着他，都是些老鼠的小眼睛。它们没有去啃他的耳朵，没想去吃掉他的耳朵，而是一边小声尖叫着互相攻讦，一边向他发起狡猾的袭击，在他耳朵里找耳屎吃。还有一些老鼠从他脸上爬过去。一棵小芸香树在外面当差放哨，它一进来，周身的气味就让老鼠四处逃窜。啮齿动物没法忍受芸香的味道。

在最寒冷、最寒冷也最是晴朗的一个夜晚，它们把应有尽有先生拖到了由大树和最高法官组成的法庭上。他掉到了石头上，手脚都摔断了，疼痛难忍，而手腕和脚踝上都有捆扎留下的血痕。

一棵巨大无边、庄严肃穆的千年木棉树坐在正中间主持法庭。两边坐满了审判员：右边是一棵树干血红的桃心木和一棵巨人般的栎树，而左边则坐着一棵六十多米高的人心果树，往下一点，还有一棵枝繁叶茂、香气浓郁的香胶树。

木棉树下令解开应有尽有先生的手脚，小树们则负责处理这些小事务。他坐上了被告的位置，在上千棵耸立着观看、倾听的树木的见证下，这场审判开始了。

那些发言和人类法庭上常说的差不多，不过这次换作树木在开口说话。

先是程序化的纪律宣读。然后是目击者听证会。除谋杀罪之外，该名罪犯的危险性还在于当他点燃烈火焚毁受害鳄梨树并企图毁尸灭迹时，差点烧及其他树木乃至整片树林。甚至没有一位目击者为他申辩。一棵荆棘树要求严惩被告人，要求每次他开口说话时自己可以将浑身的尖刺扎进他身体，像匕首插进他的血肉。而被告人的辩护者是一棵蓝花楹，也提及了这名杀树犯对儿子的盲目之爱。

判决立刻执行。

审判结果一致通过：应有尽有先生被判世世代代成为一棵鳄梨树。就在法庭上，他的脚趾像树木的根茎一样拉长了，他的身体越来越硬，直至完全变成了

一截树干，而从他的双臂中长出了无数枝杈。

应有尽有先生的一生就这样结束了。对尼克拉和“长眼睛的小镜子”而言，从他焚毁那棵大鳄梨的那天起，应有尽有先生就消失在了树林深处。

诺奖童书

1. 许愿树 〔美〕威廉·福克纳
2. 夜莺之歌 〔法〕勒克莱齐奥
3. 树国之旅 〔法〕勒克莱齐奥
4. 如梦初醒 〔英〕高尔斯华绥
5. 我的小狗 〔英〕高尔斯华绥
6. 爱尔兰童话故事 〔爱尔兰〕叶芝
7. 原来如此的故事 〔英〕吉卜林
8. 奇幻森林 〔英〕吉卜林
9. 红襟鸟 〔瑞典〕塞尔玛·拉格洛芙
10. 蜜蜂的生活 〔比〕梅特林克
11. 白海豹 〔英〕吉卜林
12. 我们的朋友狗狗 〔比〕梅特林克
13. 泰戈尔经典诗集 〔印〕泰戈尔
14. 蜜蜂公主 〔法〕阿纳托尔·法郎士
15. 青鸟 〔比〕梅特林克

诺奖童书

16. 青鸟：续篇　〔比〕梅特林克
17. 尼尔斯骑鹅历险记　〔瑞典〕塞尔玛·拉格洛芙
18. 大地的孩子　〔丹〕亨利克·彭托皮丹
19. 柴堆旁的男孩　〔英〕吉卜林
20. 他们的乐园　〔英〕吉卜林
21. 孩子们的那些事儿　〔法〕阿纳托尔·法郎士
22. 应有尽有先生　〔危地马拉〕阿斯图里亚斯
23. 曙光别墅　〔法〕勒克莱齐奥